句集
象潟食堂

Kisakata Shokudo
Moriya Akitoshi

守屋明俊

角川書店

句集　象潟食堂＊目次

装丁　大武尚貴
装画　CSA Images/ゲッティイメージズ

句集　象潟食堂

平成二十一年

四十八句

広島や目鼻なき雛笑み給ふ

電車待つ無風の空の彼岸かな

捨てられし鉢のすてばち草青む

大磯

宰相の家燃えしかと土筆摘む

夜の団地玻璃みしみしと桜咲く

恋猫が鳴くリスニング試験中

医学部教授会

水虫の論文審査水温む

天井に風船を飼ふ微熱かな

疾風のごとく蜂飛ぶ戦後とは

日暮まで青空見えて早苗月

果てしなく続く端から麦を刈る

蛍火や友情出演かと思ふ

蟬飛ばすほど蟬の木の混み合へり

目高の子身震ひをして生まれけり

坂の上に鄙びたる空鳳仙花

夕顔ひらく鶴川村を見渡す野

みちのく行　二十二句

木霊して山刀伐に降る初蜩

老杉の洞に青空初ひぐらし

初蜩にうしろ姿を打たれけり

いちじくの若葉に噎せて尾花沢

草刈るやいにしへ人の立ちし辺に

錆深きバスに錆びさうな雷近し

往生と記す提灯青田晴

紅粉《べに》花活けて土間明るうす尾花沢

おばこ老いきのふの雷雨口々に

雪渓をこころに風のみちのおく

大石田　茂吉の聴禽書屋を訪ふ

聴禽書屋鎌も砥石も梅雨明くる

自転車を止めれば流れ夏の河

月山

高嶺星ゐもりは浅き夢を見て

呪文の如くゐもりゐもりと弥陀ヶ原

天上にゐもり泳がせ月の山

知命過ぐ何を急いでお花畑

初風の殊に山湖の漣す

背負ふ子に秋風聞かせ最上川

風干しの鮭の十尾の匂ふこと

象潟の橋は丹の橋葛の花

象潟食堂

象潟や蕎麦にたつぷり菊の花

人間の胸元染めて秋夕焼

名月に顔の歪みを正しけり

凄む石榴飴を思はず呑んでしまふ

猪が仔を庇ひし話法事果つ

パン食の暮しの軽さ冬の雷

次男

炬燵出て腹筋鍛へ二十二歳

ステーキの皿の人参いつも北

老境に老狂重ね時雨れけり

浅川マキ　新宿ピットイン公演　三句

大晦日公演昆布の注連飾り

さよならの唄多かりし氷柱かな

年の夜の「またねえ！」と貴女凍てるなよ

平成二十二年

四十八句

隠岐に佐渡しのぶ百人一首かな

鎖されし空へ矢を射る山始

年の餅子ら切り終へしその力

追悼　浅川マキ　二句

薄命の地球金縷梅咲きにけり

枝垂れ咲くずつと昔に逝きし梅

涅槃変馬上のごとく電車揺れ

竹藪が濾過して白き花吹雪

散る花にドラム缶より炎立つ

五月闇タイヤが飛ばす小石の音

誰が産みしか炎日の力石

夏蝶の的にまつはる弓立かな

くぐるとき小さき茅の輪広ごりぬ

鬼灯市水をたくさん汲んできて

束になり掛かつて来いと夏休

運転中虹を指したる弟よ

義仲の挙兵の山の滴れる

木曾晴れて畳十枚土用干

伊那高遠に帰省　六句

川沿ひに暮しありけり早稲の花

伊那谷や雨に艶増す縷紅草

たて縞は虎の子瓜と申しけり

栗の木に仕掛けて鹿の罠二足

山雨来て鹿の骸の匂ふこと

蜘蛛もまた願の糸をたなびかせ

会津に帰省　七句

おしやぶりが口よりこぼれ合歓の花

とろとろに佐渡のえご煮て盆用意

盆礼へ返せし義父のこゑ確か

聡き子は干し物寄せて盆の雨

盆三日蟬を鳴かせぬ山雨かな

傾ぐ墓我等も傾ぎ西瓜置く

賊軍会津数珠玉結ひて墓標とし

沖縄再訪　四句

南風原《はえばる》や茅花翳らせ島の空

たましひを鎮め得ずして蟬時雨

聖水にいきいき泳ぎ孑孑は

アクターズスクール宜野湾の残暑光

流れ来る薬のくれなゐ水の秋

油紙商ふ美濃の秋の雨

真つ白な給食当番秋高し

フラスコに芒を活けて薬学部

手の届くところにいつも月見豆

多賀城址・塩竈　四句

コスモスの戦ぎにも似て遠いくさ

草ほどに石はもの言ふ秋の風

愁ひつつ秋のかもめに飛ぶ力

しほがまの港の見ゆる木の実かな
強火一斉秋津島根の曼珠沙華
眠り落つ狭霧濾過する心地して

木の葉降り実が降り腹を決めかぬる

焼鳥を脱サラリーマンらしく焼く

綿虫飛ぶ山湖樹海をまなかひに

平成二十三年

七十二句

子の呉れし小型按摩器御慶かな

寒晴の鳥や眼下は敵だらけ

堅雪を踏みしむる音わが一歩

三月十一日　東日本大震災　学内泊

看護実習用毛布重しや分かち合ふ

朧夜にあらずぞろぞろ帰宅の歩

テレビより津波こぼれてきてならぬ

春月や揺すられて哭く秋津島

浪除稲荷に禱る明日やふきのたう

ふるへつつ万余の辛夷開きけり

桑の芽を過ぐる何かに追はれつつ

春炬燵消し電灯を消しに起つ

芽柳を仰ぐやひと日の停電に

医療救援キャラバン送る涅槃西風

はくれんの夕日まみれに傷むかな

蝌蚪の紐しつかり草を摑まへて

春いちご余震のあとの唇乾く

地震なき日ほつとホワイトアスパラガス

受難から復活の日まで囀れよ

子規庵の鶉長生き春の月

あたたかや涙ぐむ日を重ね来て

春塵を掃く抵当権取れたる日

寺島町「鳩の街」三句

震災の支援若葉の鳩の街

義捐十万何がしの金街薄暑

毀つ家蝶はどこへも抜けられて

足もとの明るき夕べ母子草

雨上がる目高数へてゐるうちに

勤め上げさてこれからの翁草

伊香保「ほととぎす」句碑

伸びやかに開く薇釉子句碑

鉄線花は力蓄へ長命寺

長者眉椎の落花に動いたる

つつがなく実はくれなゐに江戸桜

庭の薔薇ブリキの金魚より紅く

眦へ空梅雨ながら一雫

茅花流し穂波の銀が胸に着く

働いて灯ともし頃の蟻の穴

市役所と拘置所結ぶ躑躅の緋

独活、アスパラ、胡瓜、米を戴く

堂々の独活十一本会津より

きんぴらにして独活の皮はつらつと

電灯の紐を見る癖梅雨に入る

悼　河村すみ子様

女性史を照らすや泰山木の花

若竹と呼ぶにはひ弱地震以後

繋がれし犬を猫過ぐ夕立かな

ツナ缶の油を絞る半夏生

熊野行　八句

木の国の流木赤き土用かな

鬼《き》の国に育つ鬼百合熊野灘

木に衣を掛けて収まる出水川

みくまのを巡る水の香燕の子

老鶯の高さに古道弥古りぬ

夏怒濤朝日真つ赤な身を起こし

青田抱き一山背負ひ家ひとつ

旅の荷の団扇の反りを正しけり

滝が鳴る滝の切手を貼るたびに

蚊が刺してゆく静かなる脹脛

百日紅濃すぎてこの世はみ出しぬ

青葡萄の汁の飛び散り「ぴあ」終刊

革靴へ向きを変へたり青蜥蜴

三伏や胸を張らねばシャツ萎ゆる

散り敷いて昼がむらさき胡麻の花

流れ来る傘や洗ふと絵日傘に

鳴きあぐね落ちあぐね蟬一休み

阿賀川氾濫

ビール注ぐ一時は避難せし義父に

汚泥田に案山子は立たず雀来ず

稲びかり誰もが見返り美人たり

十五夜の波を率ゐて島の立つ

吾亦紅抱いてゆけば激しかり

咲き満ちてコスモス水漬く日暮かな

後厄のなるほど膝の痛む秋

たつぷりの皮肉老人の日なりけり

禅寺丸こつんと種が皿鳴らす

人麻呂の家の柿の実熟す頃

我が屋台骨よオリオン確と輝り

成蹊学園

草田男句碑富士も太初の雪重ね

平成二十四年

五十一句

まなぶたはタイムカプセル淑気満つ

初富士やもう叱られて機屋の子

寒晴の千木は佳き影落しける

待春や煮て柔らかき出世魚

うすごほり瞼のやうに今を閉づ

富士山へ吹けば戻され石鹼玉

空也吐くものの続きに猫柳

甍より零るる月日蕨餅

苧環の色を飛ばして日は西に

少年は釣るを急がず春休

熊本　四句

水に身を任せて軽鳧の子沢山

双つ蝶恋に焦がるる時は過ぎ

夕映や肥後銀行の躑躅垣

鳥雲に黄昏れて輝る市電の黄

絹を張る明るさにあり山桜

一石を投ずる如く蝌蚪に風

信濃園原　五句

帚木の信濃園原田水張る

四五枚の代田を抱き多産の家

夕日とも西日とも川舐める猫

山女焼く防人も義経も来て

知波夜布留神の光の椽若葉

ふつと我にかへる日傘の開く音

吉村千比呂さんの舞

袖香爐卯月の雨に人偲ぶ

長男結婚

紫陽花や染め染められて婚成りぬ

噴水のスイッチ森の栗鼠の手に

睡蓮を靡かす鯉の風雅かな

六月や女教師のこゑ玻璃を越え

朱の起源石榴の花のけざやかに
天平の甍の見ゆる蛭蓆
シーソーの高さに草の茂りたる

みづうみや萑火強く火蛾誘ふ

山の日のひりひり痛きトマトかな

炎天や葬列のごと行く棚田

八ヶ岳晩夏仮面土偶は面を取れよ

なきがらをゆすればこがね虫なりき

戸隠や星が宿借る芋の露

虫喰ひも色の一つの柿黄葉

栗を割るいにしへ人の力もて

台風の北上爪を切つて待つ

雨がちの子規忌を修し散りぢりに
中空に日溜りのある稲埃
飛ばねども赤き翼の稲扱機

おんぶばつた二夫落ちまいとしがみ付く

日当りの良さは村一かぼす成る

ビーフストロガノフと言へた爽やかに

飛行機と鳶ぶつからず天高し

肩ぐるま木の葉親しく降りにけり

陣羽織ほどの貫禄師の縕袍

浅草の暮色や燗のつかる頃

花やしき寒暮のネオン朱をこぼす

クリスマスおもちや屋の子は何貰ふ

平成二十五年

五十七句

早梅や供仕る帯祝

風に謝す素心臘梅黄に溢れ

をちこちの松は斜めに暖かき

三・二

忘れられかけてふたとせ梅匂ふ

春は曙うぐひすパンを鶯へ

眠い目をこする貝母の咲くやうに

一度見て二度目は母と蕗の薹

春の蠅石を比べてゐたりけり

走り出す自転車籠の濃紅梅

かたくりの花や相和し相背き

並走の電車別るる春の闇

飛行機の腹を見てゐて暖かし

楸邨に気根隆々銀杏芽吹く

春闌けてひばりが丘と言ふ響き

わらびもちやがて生まれてくる子かな

鷹化して鳩となるからには励め

もう親でも子でもない筍を煮る

駒場野

この頭脳東大に咲く棕櫚の花

釣り球に空《くう》切るバット夏は来ぬ

新樹光鳥は進路をあやまたず

風接待とでも言ふべし樟若葉

絶筆のごとく噴水止まりけり

浅草　三社祭

世を罵り神輿罵り痩せ老婆

福島交通のバスで阿武隈高地を抜け相馬へ

霊山《りようぜん》や雨にけぶれる青胡桃

相馬に雨仁王立ちして早乙女は

原発の爆発音を語れば汗

散りぢりに暮らす灯火草蛍

南相馬市から浪江町へ

瓦礫原古巣が見えて木と判る

被曝野やあやめ咲いたる難破船

樹下石上夜の尼寺跡のみなみかぜ

初孫生まる

虹二重嬰も眉上げゐたるらむ

上野　六句

しのばずもしのぶがをかも油照り

死なぬやう皆水を買ふ蟬の昼

「深海展」出て眩しさよ氷旗

噴水や天地無用の荷が通る

噴水の消ゆるを描く写生の子

夏の月三尺締めて子らは華

四十年ぶりの明治大学和泉校舎

学舎炎暑松と公衆電話古り

みしみしと西日の音す文学館

伊那高遠

蟻地獄地獄を見たと蟻還る

藤蔓をト音記号に夏木歌ふ

会津戦争

砲弾を今も家宝に盆の酒

車麩の綺麗に揚がる盆の入

夕かなかな柱時計を鳴かせけり

照りそめて八月は行く沢胡桃

広島や蜩はこゑ失はず

蓮の実を穴の数だけ拾ひけり

秋泉明日ある如く人走る

雁や浦風沁みるコロッケパン

土佐　五句

秋遍路アサギマダラと渡り来し

竜馬暗殺以後の日本秋の潮

牧野植物園　二句

牧野式写生美し花野みち

茶椿は炉開きの花日だまりに

わたつみや石蕗は全き黄を競ひ

切干のふつくらと夜の灯の豊か

熱燗や丁稚の父の丸眼鏡

ざざ虫の苦みや酒を可惜身に

平成二十六年

五十一句

重ね着を重ね脱ぎして弘法湯

軽石は富士の恩沢初湯かな

氷下魚《こまい》焼くダンチョネ節を口遊み

宰相の静止画像の口の寒

谷保村の旧七草の寒さかな

輝のかつて鉄筆握りし手

鍵和田秞子主宰「未来図」三十周年

未来図は波打ちぎはの如く春

杉山に一本高く紅椿

巣箱より発ちしか飛行機雲元気

万能葱万能細胞春の月

黄沙蹴散らし兜太てふ肉弾来

スクリーンのやうに雨降る春の山

椿落つ眩しいといふほかはなく

漕げないと思つてゐたぶらんこ

ぶらんこを漕げば漕げたり空親し

ぶらんこの中空の我が靴愉し

競漕の言問橋《こととい》を過ぎ勝ち制す

のど自慢の鐘鳴る憲法記念の日

山の名を妻能く言へて春惜しむ

その鎧吹くとよろけて熊谷草

一学級地図もて学ぶ町薄暑

輪を以て尊しと為す水すまし

雷のずつと前から父は亡し

麦秋や夕日の色の貝ボタン

一反に湧き立つ風よ芭蕉布展

昼寝てふ良きしきたりの村通る

おほかたは鎌倉で降り夏帽子

うかれ鵜が川下る由利徹の忌

社長車を見送る怪我の蝙蝠と
香水一変自由が丘で乙女乗り
揚羽飛ぶ空に起伏のあるごとし

はと組もかうもり組も夏休

万緑に加はる杉の青き実も

川涼し幹に凭れて写生の子

心臓はいつから左みなみ吹く

大鹿村　二句

襤褸織の大鹿村に黍育つ

原田芳雄歌舞きし村よ黍育つ

盆盆と鳴る柱時計花魁草

蜂の子の育ち盛りを仏飯に

もう翅の生えしも混じり蜂の子飯

威銃一発食らふ信濃かな

伏せし目に鍋の火青し敗戦日

盆礼の煎餅堅く泣く児かな

てんぷらの油を舐めに秋の虻

富士吉田　四句

疱《ほう》瘡《そう》神《しん》火祭の火に焙《あぶ》らるる

火祭の酒酌む疱瘡神祀り

火祭の炎に水を呉れ古老たり
霧ごめの夜が放てる鹿の声
玉座さながら朴の実のあかあかと

なになく触れし紙舞ふ秋気かな

八木節の国定村も雁の頃

どれくらゐ蹴つただらうか木の実径

平成二十七年

四十五句

空中都市蓮は枯れても萼《うてな》上げ

オムライス亀ほど丸く淑気満つ

星を見て流れ解散新年会

念のためにと竹林に梅探る

三寒四温蛇口を母は全開に

梅が香やふくよかに立つ美人俑

猫間障子引けば鳶舞ふ春の海

鳶の輪の小さくなつて椿落つ

悦ちやんといふ笑顔の子黄水仙

垂れ目の子ににこにこ枝垂梅の中

天の道地の道水の蜷の道

紆余と言ひ曲折と言ひ蜷の道

蜷の意の儘に未来図濃く深く

この道や蜷引き返すこともなし

閻魔より阿弥陀恐ろし松の花

青き踏むフランスデモの日のやうに

ごきぶりに噴霧する母戦後長し

葉山町

柱背負ひ若きら建つる海の家

銭湯とそつくりの松海の家

裏山や水浴びの声鳶のこゑ

富士も帆も鎌倉日和鱚捌く

蛍狩夜気に打たれて若からず
籐椅子の父若し我若かりし
うるふ秒世界の蟻が一歩進む

黒酢酢豚はブラックホールよ暑に抗す

年寄に持たすと乱射水鉄砲

水鉄砲以外は禁ず水の星

切通しのどてつ腹にも蟬の穴

武蔵五日市　四句

ケンポウと鳥啼く夏よ五日市

初蟬の空を鳴らしてゐたりけり

激流へ傾くこころ行々子

地に足のつかぬ日は沁む初鯛

少年が過去帳を繰る蟬の昼

廃校の「共に汗し」の額涼し

冴にはあらず二手に威銃

万物のはつと鳴き止む盆の雨

桐一葉溜息洩らすロボット犬

蟷螂と見えしは菜屑秋時雨

眩しくて誰も拾はぬ榠樝かな

秋風や昭和歌謡は肩を組み

あめつちを六尺借りて蔦紅葉

湯たんぽを吊る雨冷えの金物店

母の曾祖父定太郎は上伊那の中馬の祖。
高遠から諏訪へ出て江戸を往復した。

狼の好物は塩鰍沢

狼へ塩投げ中馬定太郎

綿虫と睫毛あたりで擦れちがふ

平成二十八年

六十六句

冬桜鶴も浴びにし湯のけぶる

小河内村湖は寒九の水に満ち

湖底より風吹くごとし悴む手

誕生か終はりか星の冴え冴えと

真つ直ぐに来る白鳥を受けきれず

落日が鬼の目を射る追儺かな

立春やきのふの鬼が鍬を手に

生薬の棚に蜂蜜春立ちぬ

草餅を一つ戴く狐《きつね》福《ふく》

ひさかたのひかり甍に飛梅に
チンドンの「夜空ノムコウ」春浅し
こよなく晴れ波に千鳥の喧嘩凧

巣にも似て固焼きそばは春の如し

彼岸寺燐寸忘れし母と座す

国債の売却に行く花の昼

墓も碑も楸邨先生花まみれ

壺焼やめぐる月日の稚児ヶ淵

軽井沢　聖パウロカトリック教会　三句

落葉松も霞隠れに小會堂《チャペル》

聖水に晩春の冷え小會堂

花は八重散つてなほ濃く草田男碑

小諸　二句

春暖炉葡萄の蔓を二三焚き

なあ田螺と身を乗り出せる浅間山

育つ児に言葉のかたち端午来る

何の穴か這入りし蜥蜴追ひ出さる

うぶすなの黄昏の橋端午過ぐ

葉脈にしみ入るひかり沢蛍

蝮屋の窓覗く子よ若葉照る

縮みゆく者には高し萩若葉

父の日や吹きし空壜から霧笛

糸吐いて吾子もモスラも繭ごもる

虫干の地球へ帰る宇宙船

夏休み割箸に乗り海星《ひとで》来る

虹消えて遠くの町の動き出す

子蜥蜴の窺ふ明日草田男忌

木を震へ上がらせ蟬のこゑ三日

被爆蟬物干し竿に今も鳴く

伊那高遠　八句

土用干祖父の日記の子ら生き生き

下草刈り墓誌に食ひ入る眼かな

プール行くらし角刈りの床屋の子

柿落つる己が青きに耐へきれず

「祝殿」とて村の縁者の集ひに参加、
同族の氏神は天狗様

祝《いわい》殿《でん》縁者集へば風涼し

お天狗に鳥居寄進す盆の道

生身魂数珠揉むごとく箸洗ふ

薪小屋に薪満ち烏瓜の花

天竺は遠しダリアの高々と

喜多方

一葉落つこれより桐の村に入る

電柱を征し虚空へ葛の花

盆礼のふらふら来たる手に榊

人間を忘れ流星群の中

そーずらと富士は吉田の盆踊り

盆の月炭坑節は掘り続け

沁みて来るかなかなかなの周波数

楽団の運搬車発つ月の町

大阪

蛇瓜の啾啾哭ける月夜かな

春日部

達者かと楸邨句碑の赤蜻蛉

芋茎のみ立て掛けて売る日向かな

未検出証明解除会津柿

非力返上柿の荷の釘を抜く

神木の柘榴雄呂血《おろち》の口開けて

浪花時雨近松門左衛門の墓

善光寺　二句

蓮枯れて大勧進の聖めく

炭を継ぐ明かり戒壇巡り終ふ

零戦の消えにし空や藷を焼く

その朝も毛布畳みし知覧かな

松迎へ眼下まばゆき相模灘

年越そば身をもち崩すこともなく

平成二十九年

六十六句

椨の木へ陽の夭夭と年立てり

伊勢海老の雲丹味噌焼に畏まる

ヒッチコックの北北西を恵方とし

初夢に野坂昭如来て泊める

浮寝鳥その地下街に酢豚食ふ

トランプ氏就任の夜ぞ目貼張る

食ひしばる歯が今もある寒夕焼

臘梅に目鼻したがふ耳順かな

鰭酒に燐寸つかのま海の色

啓蟄の軽石捜す母います

祝「未来図」上水句会
三十周年記念句集『座・ＨＡＩＫＵ』

花杏高き香りの句集成る

野焼から明日が始まる土手の衆

濤とシャドーボクシングする日永かな

たんぽぽや朝日のあたる家古び

石楠花の真紅に暮れて相模灘

老い先を明るくオムライスと桜

南アルプス市　伊奈ケ湖　六句

櫛形山《くしがた》や雨後香ばしき花辛夷

櫛形に春月出づるあさぼらけ

耳鳴りや木五倍子耀く坂がかり

鯉跳ねしところが湖心山笑ふ

あやめ草来いよ来いよと鯉を呼び

峡晴れて久遠のこゑの蟇の恋

葉桜やモンロー展のピルケース

昭和医専　鈴木モヨ総婦長

監督さんと呼ばれし婦長更衣

竹皮を脱ぎて水田を驚かす

蛇見しと両手大きく広げけり

金蠅に照り返さるる世過ぎかな

闇を来て雨の匂ひの黒揚羽

母、大腿骨骨折

彎曲の夏至の鉄路や母見舞ふ

眠る母柘榴の花は朱を尽し

花柘榴掃いても掃いても朱の残る

ほのぼのと伊勢は神路の花菖蒲

家を出て家忘れたり蛍狩

人差し指蜥蜴追ふ子が静かにと

沖縄忌福木に弁当提げ祈る

山椒を力まかせに鰻の日

母、リハビリテーション病院へ転院

祭太鼓霊園行きのバス揺らす

糠床の匂ふデパ地下半夏生

働かず黒酢酢豚に汗を掻き

粗熱の冷めたる齢髪洗ふ

御代田町　真楽寺

朴青き実を草田男の泉の辺

切株のつづきに木椅子泉湧く

空からも雨といふ幸泉湧く

藻畳に万緑映えて草田男亡し

孫弟子のベルト塩噴く炎熱忌

犬の鳴く真っ昼間から丑《うし》湯《とう》治《じ》

御馳走や土用の丑のあくる日も

縁越しにミント摘みくれ夏料理

三つまで星座が言へて夜の秋

青胡桃八ヶ岳渾身の風を吹く

御《み》射《しや》鹿《か》池《いけ》八月の山隠れなし

田に近く辻《つじ》蠟《ろう》の立つ展墓かな

縦のものを横に西瓜の浮く真昼

裏山に些かの霧父現れよ

竹節虫《ななふし》は竹節虫なりに秋の色

買ひそびれたりし家なり芙蓉咲く

みちのくの鬼の色して赤蜻蛉

幼子が赤子に渡す秋の草

セロニアス・モンク生誕百年

ジャズと自由今も孤高の流れ星

京極杞陽〈初湯中黛ジユンの歌謡曲〉に和し

杞陽忌や黛ジュンも七十歳

カキフライよく見るために眼鏡拭く

愛でやうもなく柘榴の実枯れにけり

抜けぬほど箸立に箸年つまる

寒鰤のあら煮や星の多き海

白鳥に月光といふ夜会服

牡蠣殻へ牡蠣がグラタンとして還る

句集　象潟食堂　畢

あとがき

平成二十一年（二〇〇九年）に第三句集『日暮れ鳥』を出してから、平成二十九年（二〇一七年）までの作品をまとめて、この『象潟食堂』とした。二十一年象潟を一人で訪れた際、駅前に「象潟食堂」が在り、老夫婦が飄々と睦まじく店を切り盛りしていた。菊の花を散らした鳥海蕎麦が殊に忘れがたいものだったので、「象潟食堂」をこのたびの集の題にした。

三十五歳のとき鍵和田秞子先生に師事。鍵和田門の自由闊達に学べる雰囲気の中で、一つの狭い世界に閉じ籠もることなく、自分しか詠めない世界を見つけられるよう努めてきた。これからも一日一日を大切に、好奇心を忘れず、心のままに大好きな俳句を詠んでいきたいと思う。

鍵和田秞子先生のもとで学び、また「未来図」編集長として二十年間、先生の謦咳に接してこられたことは望外の幸せであった。深く感謝したい。様々な句会の皆さんと、私を長い間支えてくれた家族、出版の労をお取りくださった角川『俳句』編集長の立木成芳様、編集部の滝口百合様、その他スタッフの皆様に衷心より御礼を申し上げる。

二〇一九年　水無月

守屋明俊

著者略歴

守屋明俊（もりや・あきとし）

昭和25年　信州伊那高遠に生まれ、浅草に育つ
昭和48年　明治大学文学部卒業（日本史学）
昭和61年　「未来図」に入会し、鍵和田秞子に師事
平成 3 年　未来図新人賞受賞
平成 4 年　未来図同人
平成11年　未来図編集長
　　　　　第一句集『西日家族』（北溟社）
平成14年　未来図賞受賞
平成16年　第二句集『蓬生』（砂子屋書房）
平成21年　第三句集『日暮れ鳥』（角川書店）
平成23年　学校法人昭和大学を定年退職
平成26年　『自選守屋明俊句集』（教育評論社）

「未来図」編集顧問、公益社団法人俳人協会評議員、
日本文藝家協会会員

句集　象潟食堂《きさかたしよくどう》

未来図叢書第216篇

初版発行　2019年11月30日

著　者　　守屋明俊

発行者　　宍戸健司

発　行　　公益財団法人 角川文化振興財団

〒102-0071 東京都千代田区富士見1-12-15

電話 03-5215-7819

http://www.kadokawa-zaidan.or.jp/

発　売　　株式会社KADOKAWA

〒102-8177 東京都千代田区富士見2-13-3

電話 0570-002-301（カスタマーサポート・ナビダイヤル）

受付時間　11時〜13時 / 14時〜17時（土日祝日を除く）

https://www.kadokawa.co.jp/

印刷製本　中央精版印刷株式会社

ISBN978-4-04-884308-9 C0092